UNE

SOIRÉE A LA CASERNE

RÉCIT

PAR JACQUES BONHOMME.

PARIS

A LA PROPAGANDE DÉMOCRATIQUE ET SOCIALE

1, RUE DES BONS-ENFANTS.

1849

UNE SOIRÉE A LA CASERNE.

Par un de ces jours derniers, jours si pleins de soleil et de chaleur, je me mis en tête d'aller rendre visite à certain petit-fils, sergent-fourrier dans un des régiments casernés à l'École militaire. — Ancien soldat, j'aime encore, au déclin de ma vie, le bruit du fusil, la vue des manœuvres et le va-et-vient de la caserne.

Me voilà donc descendant mes cinq étages et me dirigeant à petits pas vers le Champ-de-Mars.

La promenade était longue pour des jambes de 75 ans, surtout quand l'une d'elles manque à l'appel.

Lorsque j'arrivai, l'exercice venait de finir, et le tambour battait pour le repas du soir. Je trouvai mon petit-fils avec ses camarades, cuiller à la main, et prêt à faire honneur à la soupe.

— Vive Père Jacques ! s'écria l'assemblée en m'apercevant.

— Comment ça va-t-il?

— Et la jambe?... et le bras?

— Vous allez dîner avec nous... à la place d'honneur.

J'étais vraiment ému de cette bonne et franche réception. Je ne pouvais refuser ; je m'assis.

Je ne vous détaillerai pas notre dîner ; peu vous importe de connaître notre menu. L'appétit était bon, la dent solide, l'estomac complaisant. Je vous garantis que nous ne laissâmes rien traîner sur la table.

Après le dîner, l'on cause, l'on conte, en fumant sa pipe, l'histoire d'autrefois et celle de la veille. C'est le moment des confidences.

PÈRE JACQUES. — Je pense que nous sommes en famille, franchement, comment ça marche-t-il ici? Êtes-vous contents?

UN SERGENT-MAJOR. — Oui et non. Sous le rapport matériel, la soupe est bonne, le pain passable, les hommes sont propres et bien habillés ; mais aussi, d'un autre côté, beaucoup de corvées, pas mal d'exercice, des gardes tous les jours, des rapports à chaque instant; et puis encore une foule d'agréments trop longs à détailler.

PÈRE JACQUES. — Ce n'est rien, ce n'est rien. Il faut que le soldat français soit dur à la fatigue, rompu au maniement du fusil; la force du pays est dans lui; de son instruction, de son courage dépendent le salut de la patrie.

Et puis, n'a-t-il pas le souvenir de ses frères qui l'oblige, n'est-il pas le fils et l'héritier direct des vieux combattants de 1792, des vainqueurs de Fleurus, d'Arcole, de Zurich, de Marengo?

Allons, allons, vous avez tort; ne vous plaignez pas; vous êtes les défenseurs de la République, les soutiens du gouvernement que vous avez fondé en Février avec vos frères du peuple.

UN FOURRIER. — Elle est gentille votre République. Fichtre! si l'ancienne ressemblait à celle-ci, ça m'étonne que vous soyez resté républicain, père Jacques.

PÈRE JACQUES. — Quoi donc? qu'avez-vous?

UN FOURRIER. — J'ai, que ce que vous appelez la République, n'est que l'ombre de la République. J'étais républicain avant Février; et, Dieu merci, je le suis encore; mais, le diable m'emporte, si ce que j'avais rêvé et désiré était ce que nous avons maintenant.

PÈRE JACQUES. — Ne nous emportons pas. Je sais, je comprends tout ce que vous devez souffrir, les peines et les chagrins qui viennent vous assaillir chaque jour. Je sais que la rougeur de la honte vous monte au front quand vous voyez le drapeau de vos pères, ce drapeau qui a flotté sur toutes les capitales libres par nos armes ; quand vous voyez ce drapeau conspué, terni, abaissé ; je comprends que le sang bouillonne dans vos veines quand, entendant les peuples se soulever, les trônes craquer de toutes parts, les canons rouler d'un bout de l'Europe à l'autre, le tocsin des révolutions appeler les nations à la liberté, vous, les soldats de la République, les défenseurs des opprimés, les émancipateurs des peuples, vous êtes là, l'arme aux pieds, attendant les Cosaques et les bandes croates de Jellachich et de Radetzki, pour leur servir d'avant-garde contre l'idée révolutionnaire, contre ces vastes foyers des doctrines qui brisent leurs couronnes. Oui, voilà ce que ces hommes que vous avez épargnés, que vous avez relevés après leur défaite, rêvent ; voilà ce qu'ils espèrent.

TOUTE L'ASSEMBLÉE. — Ils se trompent. Jamais nous ne servirons de pareils projets. Jamais, nous le jurons.

UN SERGENT-MAJOR. — Oui, oui, jurons-le, et tenons notre serment, car nous avons à lutter contre de bien mauvaises influences ; il nous faut courage et abnégation. Citoyen, membre du souverain, participant au gouvernement de notre pays par notre vote, les lumières nécessaires pour éclairer notre conscience nous sont refusées ; la lecture des journaux qui défendent la cause du prolétaire, de l'armée, nous est interdite ; les banquets nous sont fermés, et la peine disciplinaire la plus forte, l'envoi en Afrique, nous frappe, si nous paraissons dans un club ; et cela au nom de la discipline, qui n'a rien à y voir.

Au nom de l'ordre, qui n'est pas menacé, on veut nous garantir du contact des doctrines qui prêchent la liberté, l'égalité, la fraternité.

Mais l'on a beau faire, la lumière paraît, la calomnie s'efface, et toutes les menées, toutes les intrigues, tous les complots n'aboutiront qu'à précipiter la chute des priviléges.

UN SERGENT. — Permettez-moi de vous faire connaître un fragment du journal le *Tribun du peuple*, de Babeuf. Je le lisais l'autre jour, et j'étais frappé de l'à-propos de ces lignes, écrites en 1796.

Les ennemis du peuple chngent de nom, mais ils sont toujours les mêmes. Elles nous serviront d'instruction ; elles montrent le rôle que l'on attend de nous, les espérances que l'on fonde sur notre association.

Écoutez :

« Que font de nombreuses phalanges réunies autour de la cité
« par excellence, de la cité de la révolution, du berceau de la li-
« berté ?... Pourquoi y sont-elles appelées ?... Ses habitants sont-
« ils rebelles ? S'agit-il de les subjuguer ?... Il n'est pas indiffé-
« rent d'éclaircir toutes ces questions.

« Ce n'est pas pour le véritable peuple que les soldats de la li-
« berté forment autour des murs de Paris une enceinte formida-
« ble ; ce véritable peuple, le peuple laborieux, le peuple ouvrier...

« y est maltraité, muselé, méprisé, affamé, ruiné!... par le peu-
« ple d'agioteurs et de fripons... Cette dernière espèce de peuple
« y est donc bien en rébellion la plus ouverte et la plus criminelle
« contre le bon peuple ; mais est-ce pour subjuguer la partie op-
« pressive et pour défendre la partie opprimée que nos guerriers
« offrent un triple rang de baïonnettes dans toute la circonférence
« de Paris? Non, c'est tout le contraire... On veut faire servir leurs
« armes et leurs forces à accabler totalement l'opprimé sous le
« joug de l'oppresseur, à maintenir celui-ci dans son odieuse do-
« mination et le peuple dans sa chétive langueur! Eh! si c'était
« le peuple qu'on voulût défendre, il ne faudrait pas distraire
« ceux de ses frères dont la destination est de combattre ses en-
« nemis extérieurs ; le peuple se suffirait de reste à lui-même ;
« mais c'est quand on veut immoler la masse à une portion qu'on
« croit les trouver dans les hommes que l'on dit devoir être es-
« sentiellement obéissants...; c'est quand le gouvernement et la
« caste perverse qu'il protége exclusivement ont perdu toute
« honte ; c'est lorsque, sans pudeur et sans voile, et par la plus
« infâme complicité, ils ont, avec des règlements atroces qu'ils
« osent appeler lois, consacré les injustices en tout genre, la mi-
« sère la plus épouvantable, l'esclavage le plus révoltant ; c'est
« quand la mesure de leurs forfaits est portée à un tel comble
« et à une telle évidence, que la longue patience du peuple est
« lassée, et que sa crédulité également n'y tient plus !... »

« C'est alors qu'on jette les yeux sur l'armée ! ce sont les bras
« des punisseurs des rois que l'on arme pour vouloir conserver,
« pour vouloir perpétuer une telle oppression ! c'est le gouverne-
« ment militaire qu'on établit pour forcer le peuple à se soumet-
« tre à un régime où l'on prétend qu'il vive..... sans nourriture,
« sans habits, sans liberté... et ce sont les pères..., les époux...,
« les fils....., les frères....., les parents......, que l'on veut qui
« en imposent, qui frappent même, si le cas y échoit, leurs en-
« fants, leurs femmes, leurs pères, leurs frères, leurs amis, leurs
« parents ! ! ! Et ce sont les soldats du peuple, qui sont eux-mê-
« mes peuples, que l'on oppose ainsi à une autre portion du peu-
« ple ; c'est par eux que l'on veut consolider cet état de servage,
« d'avilissement et de famine....., mille fois pire que l'ancienne
« servitude contre laquelle on s'est insurgé avec tant de raison,
« il y a six ans.

« Non, les soldats français ne seront point les vils satellites,
« les instruments cruels et aveugles des ennemis du peuple, et
« par conséquent des leurs..... ce n'est que dans les occasions où
« l'autorité s'est rendue coupable et où elle a voulu se le rendre
« encore, qu'elle s'est entourée de baïonnettes..... Quand le pou-
« voir est juste, il est toujours assez fort de la force du peuple...
« Capet s'était fortifié d'une armée avant le 14 juillet ; on sait
« quels étaient ses desseins, et de quelle somme de crimes il vou-
« lait s'assurer l'impunité..... Serait-on coupable pour examiner

« si ceux qui l'imitent ne le sont point parce qu'il y a exacte pa-
« rité de motifs ?.

« Nos soldats se souviendront que cette armée de Capet, quoique
« élevée à l'école de la discipline monarchique, s'est parfaitement
« bien conduite ; elle s'est ressouvenue qu'elle était du peuple, les
« gardes françaises baissant leurs faisceaux devant lui. C'est là
« un exemple qui passera à l'admiration de tous les siècles...

« Non, non, il ne sera pas dit que les défenseurs de la Républi-
« que auront consenti à n'être que des machines mobiles, des
« pantins vivants, des marionnettes insensibles, qui obéiront
« aveuglément à toute impulsion de leurs conducteurs. Il ne sera
« pas dit qu'ils ne feront plus d'usage de leur jugement, ou que,
« captés par de fausses et de vaines caresses, ils auront aidé un
« gouvernement usurpateur à bronzer à jamais l'esclavage de
« vingt-quatre millions de leurs compatriotes. »

PÈRE JACQUES. — Voilà ce que Babeuf écrivait il y a plus de
cinquante ans. Les hommes ont changé. Trois révolutions ont
ensanglanté le sol de la patrie, et ces funestes tendances, ces
projets odieux et insensés existent encore.

Mes amis, du calme ; c'est par le calme que nous vaincrons
nos ennemis, que nous déjouerons leurs complots. Tenez, lorsque, dans les beaux jours, je monte les Champs-Elysées,

et que je passe sous cet arc de triomphe, lorsque je vois gravés sur la pierre les noms de trois cents victoires, lorsque mes yeux rencontrent quelques noms aimés : Hoche, Marceau, Kleber, Joubert, Desaix, tous ces hommes du peuple morts pour la République en combattant pour sa défense et pour sa gloire, et puis quand je vois dans le lointain Paris, cette immense ville où bouillonnent depuis soixante ans les idées qui remuent le monde, je me prends à sourire, en pensant aux projets de nos ennemis nos amis. Disciplinez-vous. Songez que si vous êtes soldats, vous êtes avant tout citoyens.

TOUS. — Nous ne l'oublierons pas.

PÈRE JACQUES. — Je vais me retirer; il se fait tard. Une poignée de main avant de partir, et vive la république !

UN SERGENT. — Père Jacques, vous oubliez deux mots : DÉMOCRATIQUE et SOCIALE.

TOUS ENSEMBLE. — Oui! oui! VIVE LA RÉPUBLIQUE DÉMOCRATIQUE ET SOCIALE !

JACQUES BONHOMME.

NOTE DU PÈRE JACQUES. — Au moment où j'écris le récit de ma soirée, j'apprends que le canon a retenti au delà des Alpes. L'Autriche a attaqué le Piémont; l'indépendance de l'Italie est en question. Dans cette lutte suprême d'une nation combattant pour sa liberté, que faisons-nous? que font nos généraux, nos ministres et notre président? Ah ! je gémis de le dire, j'en rougis pour

mon pays : rien ! Rien, je me trompe ; le président danse, les m
nistres ferment les clubs, traquent les patriotes ; les générau
font des ordres du jour défendant à des *membres du souverai*
ici les réunions, là les banquets, plus loin les journaux ; c'est-à
dire la manifestation du cœur et de l'esprit, de la pensée et d
l'intelligence.